7.95

La Machine à beauté

Raymond Plante

La Machine à beauté

roman

Boréal

Maquette de la couverture : *Rémy Simard*
Illustrations : *Dominique Jolin*

© **Les Éditions du Boréal**
Dépôt légal : 1er trimestre 1991
Bibliothèque nationale du Québec

Diffusion au Canada : Dimedia

Données de catalogage avant publication (Canada)

Plante, Raymond, 1947-

La machine à beauté
(Boréal Junior ; 11)
Éd. originale : Montréal : Québec/Amérique, 1982.
Publ. à l'origine dans la coll. : Collection Jeunesse/romans.
Pour les jeunes.

ISBN 2- 89052-390-X

I. Veillet, Renée.   II. Titre.   III. Collection.

PS8581.L33M32 1991   jC843'.54   C91-096174-3
PS9581.L33M32 1991
PZ23.P52Ma 1991

pour Renaud

La terre n'a pas fini de tourner. Ses habitants n'ont pas fini de dire et de faire n'importe quoi. Il nous reste un tas de choses plus ou moins importantes à apprendre. Toi, tu sais déjà rire. C'est une très bonne habitude. Il faut la conserver et rire de tout souvent et très fort.

Prologue
L'annonce d'un mal de tête

Si vous ne savez pas à qui appartient l'énorme nez qui s'amène, vous ne tarderez pas à le savoir. D'habitude, quand on parle d'un nez hors de l'ordinaire, on sent planer le souvenir de Cyrano de Bergerac. Il est vrai que cet homme, s'il avait un cœur d'or, doit une bonne partie de sa célébrité à son appendice nasal. Un nez d'une longueur incroyable, un pic, un cap, une péninsule... Mais l'énorme nez de cette histoire n'est pas celui de Cyrano. Non, il appartient à Béatrice Cheminée.

Vous ne connaissez pas Béatrice

Cheminée. Vous allez quand même voir de quel bois elle se chauffe.

Béatrice Cheminée est insultée. La moutarde lui monte au nez. Elle a un petit compte à régler. Alors elle fonce, nez le premier, dans le studio de Catou Clin d'Œil.

Pauvre Catou ! Ça fait à peine deux jours qu'elle a ouvert son petit studio de photographie, rue de la Trapéziste. Peut-être avez-vous vu son annonce dans les journaux ? Elle s'est elle-même photographiée. La fille plutôt rondelette avec d'immenses lunettes qui glissent constamment sur le bout de son nez minuscule, c'est elle. Elle est prête à photographier n'importe qui : des plus grands jusqu'aux plus petits, en passant par ceux qui sont verts de peur et ceux qui rient toujours pour rien.

Dès l'ouverture de son studio, Béatrice Cheminée s'est montré le bout du nez. Catou a dit : « Voilà ma première cliente ! »

Elle était très contente. De son côté, Mlle Cheminée rayonnait, Catou n'a seulement pas eu besoin de faire les deux ou trois blagues que tous les photographes professionnels gardent en poche pour détendre le client. Béatrice Cheminée avait besoin d'une photo de passeport. Le grand poste de télévision pour lequel elle travaille la délègue à un congrès qui se tiendra à l'étranger, le mois prochain. Béatrice était donc aux petits oiseaux. Et Catou Clin d'Œil l'a photographiée. Ce matin, elle a glissé les photos dans la boîte aux lettres de sa cliente. Mais elles n'ont pas l'air de plaire à la grande demoiselle.

« Je n'aime pas qu'on me rie au nez, dit-elle rouge de colère. Avez-vous bien regardé les photos que vous avez faites de moi ? »

Catou est une espèce d'Hercule au féminin. C'est peut-être pour ça qu'elle a une patience d'ange. Ce qui ne veut pas dire qu'elle aime se faire enguirlander de la sorte. Elle prend donc le temps de ramasser les clichés que Béatrice a répandus sur le comptoir. Elle a beau remonter ses lunettes plusieurs fois, elle ne voit toujours que la même figure, celle de la femme à l'énorme nez.

« Mais... c'est vous !

— Moi ? Il y a erreur sur la personne, proteste Béatrice Cheminée. Vous m'avez mis un nez abominable. »

Et la grande réalisatrice de télévision se met à raconter qu'elle a le plus joli profil du monde. Selon elle, le nez qu'elle porte est la marque des gens qui ont beaucoup d'allure. Catou explique qu'elle n'a vraiment rien à redire sur le sujet, la demoiselle est persuadée qu'elle se moque de sa personnalité.

« Écoutez, lui dit Catou, je ne peux quand même pas retoucher la photo et vous faire un petit nez retroussé.

— Mais *j'ai* un petit nez retroussé. Je sens, mademoiselle, qu'on ne pourra jamais s'entendre. »

Et Béatrice Cheminée fait demi-tour avant de claquer la porte au nez de la photographe.

Catou Clin d'Œil a les épaules d'un joueur de football, elle n'est pas moins sensible pour autant. Comme elle n'a pas eu le plaisir de mettre son poing sur le nez de sa cliente, elle reste triste pendant un petit moment.

Les mauvaises têtes

Catou se console à peine lorsqu'un éléphant arrive. Voyons ! Ce n'est pas un éléphant qui passe la porte à son tour mais bien Josaphat Pavillon. Ce bonhomme-là possède une paire d'oreilles tellement immenses qu'il pourrait intimider n'importe quel pachyderme.

Catou Clin d'Œil n'a pas encore eu le temps de sourire que Josaphat Pavillon l'apostrophe vertement. En plus de ses oreilles considérables, le père Pavillon n'a pas la langue dans sa poche. Vous devinez qu'il n'est pas content du tout des étonnantes portes de grange qui apparaissent sur sa photo. Catou cherche à se défendre. Elle riposte qu'elle n'a fait que respecter sa physionomie, Josaphat ne veut rien entendre. Certains croiront qu'il fait volontairement la sourde oreille. Mais non ! C'est tout simplement que Josaphat Pavillon est sourd comme un pot. Il ne s'entend même pas parler. Alors il crie, il aboie, il hurle. Sa voix pourrait réveiller les morts. Elle le fait presque d'ailleurs puisqu'elle secoue le propriétaire de l'édifice.

Ce pauvre homme porte le nom plus au moins agréable de Martin Corbillard. Aussi maigre qu'une échalote, il est continuellement fatigué et a tous les attributs d'un mort en vacances. Il habite juste au-dessus du studio de Catou. En entendant hurler Josaphat Pavillon, il est convaincu qu'un drame affreux se déroule sous ses pieds. Alors, comme les héros de cinéma, il saute hors de son lit. Il déboule plus qu'il ne descend l'escalier et aboutit enfin dans le studio.

Martin Corbillard oublie que sa figure est la plus longue que vous ayez rencontrée. Il oublie aussi que le moindre courant d'air pourrait le casser en deux. Corbillard n'est pas plus brave qu'un autre. Il est tout simplement un peu avare. Il sait trop bien que les drames causent des dégâts. Les pots cassés, les murs en lambeaux et les planchers défoncés, il ne veut pas les payer. Il n'hésite donc pas deux secondes et attaque le sieur Pavillon

L'inévitable se produit.

La surdité du père Josaphat ne le rend pas insensible aux coups de pied dans le derrière. Sans demander l'avis de qui que ce soit, il se retourne vivement et lance son gros poing au hasard. Pendant quelques instants, le fragile Martin Corbillard prend l'air d'un raton laveur qui se pose des questions. Puis il s'étend de tout son long. Deux yeux au beurre noir, c'est beaucoup pour un personnage aussi étroit que Martin Corbillard.

Catou se précipite. Pas au centre du combat, rassurez-vous. Même si quelques taloches bien appliquées lui suffiraient pour étendre Josaphat

Pavillon, elle n'a jamais applaudi ceux qui usent de violence. Elle tente plutôt de réveiller son propriétaire en lui tapotant les joues.

Avant de reprendre conscience, Martin Corbillard a amplement le temps de compter les trente-six chandelles qui tournent dans son cerveau. Il ouvre un œil perdu au moment précis où Jean Betterave fait son entrée.

*　　*　　*

Jean Betterave, c'est le plus célèbre détective boiteux de la ville. Il passe son temps à fouiner partout. Rien ne lui échappe.

Il entre donc dans le studio de Catou Clin d'Œil comme un gangster qui a l'intention de commettre le plus gros hold-up de sa carrière. En agissant ainsi, Jean Betterave espère toujours créer un effet de surprise.

Une fois dans la place, il laisse Catou réconforter la pauvre victime et se met à tourner autour de Josaphat Pavillon. D'habitude, quand Jean Betterave tourne autour de quelqu'un, la personne

s'énerve. Le rythme de ses pas est tellement lancinant que certains innocents
ont déjà avoué n'importe quoi avant
même qu'il ne pose sa première question. Ici cependant la tactique de Jean
Betterave échoue lamentablement.
Josaphat Pavillon n'entend absolument
rien.

Le perspicace détective ne se décou-
rage pas pour autant. Il démontre même
beaucoup de patience quand il lance ses
premiers mots. En allongeant l'index de
sa main préférée vers le nez ordinaire
de Josaphat, il lui dit :

« Ne bougez pas, monsieur. J'aime-
rais vous poser une question ou deux !

— Des œufs ? lui répond le sourd.
Pourquoi voulez-vous des œufs ?

— Je n'ai jamais parlé d'œufs. Mais
je crois quand même que vous êtes cou-
pable.

— Certainement. Je suis capable
de faire bien des choses. Mais je ne veux
pas perdre mon temps à me mêler de ce
qui ne me regarde pas. »

L'inspecteur Betterave n'a visible-
ment pas l'habitude de voir ses questions

précises se heurter à des réponses aussi bizarres. Il se demande si l'énergumène dont les oreilles battent chaque fois qu'il tourne la tête ne se moque pas carrément de lui. En prenant un ton plus ferme, il montre Corbillard qui n'a pas encore la force de se relever :

« Pourquoi avez-vous assommé cet homme ?

— Quelle gomme ?

— Pas une gomme ! L'homme ! Celui qui est toujours étendu !

— Je vous ai bien entendu. Et je vous répète que vous perdez votre temps.

— Je ne perds pas mon temps.

— Ah ! si vous avez mal aux dents, c'est une autre histoire ! »

Jean Betterave se met à sautiller de colère : « Je n'ai pas mal aux dents. Je boite. J'ai une jambe plus courte que l'autre.

— Ce n'est pas ma faute à moi non plus, réplique le plus calmement du monde l'homme qui n'a certainement jamais entendu un train passer.

— Je ne vous ai pas accusé. Un jour, je me suis coïncé le pied dans une porte que je voulais défoncer. Voilà ! Mais qui a bien pu vous dire que j'avais mal aux dents ? »

Au grand étonnement de tous, Josaphat Pavillon lui ouvre galamment la porte. Et, comme s'il voulait envoyer promener le représentant de la loi :

« Oui, vous avez perdu pas mal de temps. Allez donc voir un dentiste si vous avez mal aux dents. »

Le policier en civil piquerait certainement une colère bleue si Armandine Molaire ne venait le faire à sa place.

Armandine Molaire est une vieille dame qui fait encore tout son possible pour avoir l'air jeune. Comme elle a déjà perdu une portion appréciable de sa dentition, et comme les dents qui lui restent fidèles ne savent pas trop quelle direction emprunter, elle devient plus que chatouilleuse quand elle entend le mot *dent*. C'est tout juste si elle ne mord pas ceux qui osent prononcer ce mot devant elle. Bref, elle croit mordicus que tous les gens qui parlent de dents ne pensent qu'à une chose : la montrer du doigt. Alors elle décide de sonner la charge. Immédiatement, elle montre les dents. Le pauvre Josaphat Pavillon pourrait passer un vilain quart d'heure si Catou Clin d'Œil n'intervenait pas.

Imaginez tout bonnement la scène :

Armandine Molaire, qui a une dent contre l'homme aux grandes oreilles, décide de lui parler dans le nez.

L'autre, qui ne comprend pas une goutte de ce qu'on lui dit, demande à la bonne femme de cesser de lui postillonner dans la moustache. Il pourrait aussi lui dire qu'il aime bien regarder ses contemporains dans les yeux mais qu'il aime également respirer en paix sans qu'on lui reproche de manger des oignons, de l'ail, des échalotes et des touffes complètes de ciboulette. Vous pouvez donc imaginer cette scène à votre aise. Malheureusement, elle n'a pas lieu.

Elle n'a pas lieu parce que Catou Clin d'Œil remet la carcasse de Martin Corbillard sur pied. Ensuite elle se glisse entre les deux protagonistes. Bien sûr, elle pourrait écoper d'un sérieux coup de parapluie. Vous aussi, vous avez dû remarquer qu'Armandine Molaire a le parapluie très aigu. Mais, avant de s'interposer, la grosse fille a pris soin d'enlever ses immenses lunettes et de mettre son casque de football.

De toutes ses forces et prenant bien soin de placer sa bouche tout contre l'une des immenses oreilles de Josaphat Pavillon, Catou crie que le moment est venu de cesser les batailles.

« Terminus ! Tout le monde descend ! articule-t-elle comme si elle conduisait le grand autobus de la paix.

— Mais... »

Elle répète à tout le monde, et surtout à l'intention du bonhomme Pavillon qui a laissé tomber ce mais, que la fête est finie.

« Tous ceux qui le désirent peuvent aller se battre ailleurs. Ici, on ferme boutique ! »

Il est visible que Josaphat Pavillon n'a jamais si bien entendu de sa vie. Il est le premier à aller voir ailleurs s'il y est.

Armandine Molaire prend aussi la poudre d'escampette dans la direction opposée.

Jean Betterave laisse toutes ses questions de côté. Clopin-clopant, il retourne à ses oignons.

Quant à Martin Corbillard, plus pâle et plus squelettique que jamais, il décide d'aller s'étendre chez lui pour refaire ses forces.

Voilà ! C'est ainsi que l'on fait le ménage quand on est le moindrement costaude.

Vous allez dire que tout cela ne redresse pas nécessairement une situation. Vous avez parfaitement raison. Par contre, ça donne parfois le temps de réfléchir.

*   *   *

Plus tard, au bout d'une longue réflexion, Catou Clin d'Œil finit par trouver l'idée la plus extraordinaire de sa vie. C'est l'idée qui, selon elle, va complètement changer la face du monde.

2

L'idée dans la tête

Catou est une fouineuse. Quand elle n'a pas les lunettes dans une encyclopédie, elle feuillette une revue. Et, pour tout vous dire, la photographe de la rue de la Trapéziste adore les sciences. Elle dévore littéralement tous les magazines scientifiques. Eh bien, le nez de Béatrice Cheminée, les oreilles de Josaphat Pavillon, l'allure squelettique de Martin Corbillard, les dents d'Armandine Molaire l'amènent à penser au professeur Clou. Oui, il s'agit bel et bien d'Arsène Clou, le grand savant de l'Université d'Ici. L'homme auquel l'*Œil de la*

Science a consacré un long article le mois dernier.

Cet homme est une espèce de génie. Et il n'est même pas vieux. À l'automne, quand il porte son chapeau à la Sherlock Holmes, les nouveaux étudiants le prennent souvent pour un confrère. Cela dure jusqu'au moment où il les traite d'imbéciles.

Malheureusement, Arsène Clou se prend pour le nombril du monde. Il est vrai que les plus grands scientifiques de la planète ne se gênent pas pour souligner qu'il est une tête... ce qui n'est quand même pas un nombril. Mais, si on oublie son mauvais caractère, il faut reconnaître que les travaux du professeur Clou sont extraordinaires.

Dans les grands congrès internationaux, on discute souvent de sa machine à trier les idées. On la conteste, bien sûr, mais on n'en admire pas moins son ingéniosité. Quand des espions étrangers tentent de vous enlever pour vous faire cracher un secret, c'est que vous valez votre poids d'or. Arsène Clou a vécu la chose. Des agents spéciaux se sont entretués autour de lui. Il avait inventé une minibombe capable de rendre muets tous les chefs d'États. Depuis qu'il a mis au point le vaccin qui peut contrer cette minibombe, on le laisse tranquille.

Tout cela est bien beau mais, pour Catou Clin d'Œil, le plus important se trouve ailleurs. Au cours de l'entrevue qu'il a accordée à l'*Œil de la Science*, le jeune savant a déclaré qu'il venait d'inventer un appareil à transformer les choses. Ainsi, il n'a qu'à installer une vieille bottine trouée dans sa machine pour qu'elle en ressorte bientôt sous la forme d'une légère pantoufle à la mode de Cendrillon.

C'est en croyant que cet appareil pourra aider les gens à embellir que Catou Clin d'Œil se rend au bureau d'Arsène Clou.

* * *

« Professeur, vous allez croire que je suis une imbécile. »

En entendant cette phrase, le génie la trouve mille fois plus sympathique

que tous les humains qu'il a croisés jusqu'à maintenant. Comment une grosse fille comme cette Catou Clin d'Œil peut-elle deviner ce qu'il a dans la tête ? Elle est vraiment très futée. Pour lui, elle devient déjà moins imbécile que le reste du monde entier. Et c'est pour cette raison que, tout en cachant sa timidité sous ses paperasses, le professeur Clou écoute la photographe.

*   *   *

« GÉNIAL ! ! ! »

Oui, oui. Vous avez bien lu le mot *génial*. Ne soyez pas étonnés. C'est bien le professeur Clou qui le prononce. Ce qui est plus extraordinaire encore : Arsène Clou crie le mot *génial* en parlant d'une autre personne que de lui-même. En fait, c'est le projet de Catou Clin d'Œil qu'il qualifie ainsi.

Ses cheveux ne sont pas très nombreux. Cela ne les empêche pas d'être aussi raides que les poils d'un porc-épic. Aucun peigne n'a jusqu'à ce jour réussi à les coucher. Clou caresse quand même doucement cette brosse clairsemée pour

ajouter un autre mot. C'est un mot qui lui revient de sa plus tendre enfance, du temps de ses premières idées géniales. Un mot qu'il avait presque oublié et qui lui échappe comme on perd un ballon gonflé à l'hélium. Ce mot est nul autre que :

« Youpiiii ! ! ! »

Renversant, n'est-ce pas ?

Le professeur Arsène Clou, l'homme qui fulmine contre tout, l'homme qui malgré sa jeunesse est déjà tout vieux dans sa tête, l'homme que les nouveaux honneurs émeuvent très peu, l'homme qui pourrait fabriquer deux bombes atomiques et trois bombonnes d'insecticide sans consulter un seul expert ; cet homme qui est déjà blasé et qui se prend toujours pour le nombril du monde, cet homme se permet aujourd'hui de dire :

« Youpiiii ! ! !

— Vous avez bien dit *youpiiii ! ! !* ? bégaye Catou Clin d'Œil.

— J'ai dit et je répète : youpi ! youpi ! et youpiiii ! ! !

— Je suis surprise. On dit partout que vous n'acceptez jamais les idées des gens.

— Les gens sont des imbéciles, mademoiselle Clin d'Œil. Ils disent n'importe quoi et voudraient que l'on crie au génie dès qu'ils ouvrent la bouche. Retenez bien ceci : cent vingt-trois pour cent des gens sont des imbéciles. Les autres sont des idiots qui n'attendent qu'une bonne occasion de se mettre les pieds dans les plats jusqu'au cou. Et je suis très réaliste en vous faisant cette révélation fracassante. Mais, de grâce, ne parlons pas des gens. Ils me donnent de l'urticaire et me mettent en colère avec leurs singeries. Parlons plutôt de votre projet. Laissez-moi donc vous dire ceci : en additionnant votre petite idée et ma merveilleuse machine à recycler les choses, nous allons transformer le monde. Oui, les gens ne seront plus de simples imbéciles, ils seront de *beaux* imbéciles. »

Après avoir dit cela, il se met à rire comme quelqu'un qui a perdu l'habitude de laisser sa rate se dilater. Son rire ressemble à une espèce d'avalanche qui prend tout le monde par surprise. Il faut croire qu'Arsène Clou est lui-même étonné puisqu'il s'étouffe et devient bleu.

Catou Clin d'Œil ne joue pas au football pour rien. Elle sait bien comment ramener un étouffé. Elle prend le professeur Clou par les pieds, le retourne à l'envers et lui tape dans le dos. Le professeur recouvre bientôt son teint normal, le teint vert d'un homme qui ne sort pas beaucoup et qui sent le renfermé.

Une fois que le professeur reprend sa place, on pourrait croire que le bureau s'assombrit. Un épais nuage semble s'installer dans l'atmosphère. À mesure que Clou fronce les sourcils, Catou se demande si une tempête ne s'annonce pas.

« Qu'est-ce que vous avez, professeur ? On dirait que vous n'êtes pas dans votre assiette. Il y a quelque chose qui vous chicote ? »

Arsène Clou prend bien son temps. Il se gratte derrière les oreilles puis regarde la jeune photographe en plein dans les yeux.

« Il y a un hic », souffle-t-il sombrement.

Catou Clin d'Œil a beau être très brillante, elle ne comprend pas tout à fait ce que le génie veut dire.

« Qu'est-ce qui cloche, professeur ? Vous avez le hoquet ?

— Non. Mon problème est le suivant... »

Et, difficilement, le professeur Arsène Clou se met à expliquer combien il lui sera difficile de programmer sa machine. Comme vous vous en doutez bien, cette grande invention est munie d'un ordinateur. L'ordinateur en question ne fait qu'obéir à des ordres qu'on lui donne. Autrement dit, il doit être programmé. Le problème de Clou se situe exactement là.

Comment un homme qui n'a jamais apprécié son entourage peut-il demander à sa machine telle bouche, tel nez, telles oreilles ou tels yeux ? Jusqu'à maintenant, les humains ne formaient pour lui qu'un gros paquet d'imbéciles. Il préférait ne pas les regarder et braquer sa vue sur ses paperasses. Cette concentration lui a d'ailleurs prodigieusement servi. Mais pour ce qui est de la beauté, c'est l'inconnu. Le brillant homme ne saurait même pas choisir sa couleur préférée.

Catou Clin d'Œil remonte ses énormes lunettes. Elle comprend parfaitement le problème. D'ailleurs qui peut vraiment jurer que tel nez est le plus beau nez du monde ? Qui ?

Bien qu'il se prenne pour le nombril du monde, Arsène Clou semble encore plus bas quand Catou le quitte.

La grosse fille n'est cependant pas découragée. En prenant l'ascenseur, elle pense soudain à Anne-Marie Galope.

3

Une fille de tête

Anne-Marie Galope dirige une petite compagnie spécialisée en statistiques. À propos de tout et de rien, elle fait un sondage.

Par exemple, un fabricant de chemises peut se poser la délicate question suivante :

« Ai-je raison de confectionner un million de chemises vert feuille ? Devrais-je plutôt fabriquer dix mille chemises rose ver de terre ? »

Au lieu de se gratter la tête pendant un siècle ou deux, notre bonhomme vient consulter Anne-Marie Galope. En moins de temps qu'il n'en faut pour articuler un mot tchèque, Anne-Marie se met au travail.

Elle court à gauche, trotte à droite, questionne tout un chacun, tire les vers du nez de certains et demande en somme quelle est la couleur de chemises que le commun des mortels préfère. Elle distribue même des coups de téléphone au hasard. Tout ça pour obtenir une réponse convenable.

Au fin bout de l'enquête, Anne-Marie Galope peut ainsi rencontrer son client pour lui répondre :

« Mon travail est terminé. Voici les résultats de mon sondage. J'ai consulté mille deux cent quarante-trois personnes. Deux cent vingt-neuf d'entre elles préfèrent les chemises rouge tomate avec une fraise sur la poche. Cent douze aiment mieux les chemises bleu ciel surtout si elles ont des cornes de bélier aux épaules. Soixante-treize répondants ont avoué sans honte qu'ils adorent les chemises jaune d'œufs avec un pied de céleri dans le dos. Huit cent vingt-huit individus n'ont pas voulu se prononcer.

Ce sont d'éternels indécis. Quand je leur ai demandé quelle couleur de chemises ils préféraient, ils ont haussé les épaules en bafouillant une espèce de « J'sais pas, moi. » Enfin un participant m'a fait une scène terrible. Il s'agissait d'un nudiste convaincu. Il ne portait qu'un béret sur sa tête. Je crois qu'en me criant par la tête il voulait surtout attirer l'attention des passants. Bon ! Devant un tel résultat, je vous donne donc le conseil suivant : fabriquez des chemises rouges, des bleues et des jaunes. Mais, pour la majeure partie de votre production, soyez indécis. Ça ne veut pas dire de faire des chemises à carreaux multicolores, ni des chemises bariolées, style hawaïen. Non, mélangez plutôt toutes vos teintures. Vous obtiendrez une couleur passablement indécise. C'est la teinte que le plus grand nombre préfère. »

Voilà ! Les sondages d'Anne-Marie Galope ressemblent très exactement à cela. Vous comprenez pourquoi Catou Clin d'Œil vient la consulter.

Anne-Marie Galope a les yeux verts

des chats et le flair d'un chien sans médaille. Catou n'a pas besoin de lui faire un dessin pour qu'elle comprenne. Elle dit :

« Ton idée est loin d'être ridicule ! »

Ce qui fait le plus grand plaisir à Catou. Mais elle ne s'arrête pas là.

« Tu veux que je fasse un sondage sérieux ? Je vais le mener à bien. Je demanderai aux gens quelle est la personne publique qui a le plus beau nez, celle qui a les plus beaux yeux, les plus belles oreilles et ainsi de suite. En compilant toutes les réponses, on finira bien par trouver les modèles d'homme et de femme qui plairont à tous.

— C'est en plein ça que je veux. »

Anne-Marie Galope, qui aime bien travailler, ne perd pas de temps à raconter sa vie et ne s'attarde pas à discourir sur la pluie et le beau temps. Elle prend son magnétophone et fonce vers les gens de la rue.

Là, les passants qui ont l'habitude de se parler tout seuls en marchant voient un microphone leur apparaître sous le nez. Ils lui confient leur opinion.

« Pour moi... euh... Rodrigue du Cidre de pomme... euh... Vous le connaissez ?... euh... pour moi, il a les oreilles parfaites... euh... du moins, c'est ce que ma voisine raconte... euh... »

Il y a même un somnambule qui, sans ronfler, déclare :

« Les plus beaux yeux que j'aie rencontrés, ce sont ceux du grand Jean-Claude. Vous savez, le grand Jean-Claude, l'hypnotiseur. »

L'enquête va bon train.

Anne-Marie Galope s'attaque au long travail qu'elle doit effectuer au téléphone.

Elle commence à comprendre de quels morceaux pourraient être composés une femme et un homme vraiment beaux.

*   *   *

On ne rit plus. Quand à peu près toute la population adulte d'une ville émet son opinion sur un sujet, ça devient très sérieux. Parfois même ennuyeux. Surtout si ce sujet est aussi vaste que la beauté. Anne-Marie Galope termine la rédaction d'un document énorme. Épais. Par chance, elle peut facilement le résumer en quelques pages.

Bien que ses questions aient joliment fait réfléchir les gens, tous sont tombés d'accord sur un point : la partie essentielle de la belle personne, c'est sa tête. Quelqu'un qui a les orteils un peu croches ne risque pas trop d'être montré du doigt en pleine rue. Par contre, le malchanceux qui a hérité d'un menton en galoche, d'un nez tout croche ou encore d'une tête de pioche peut devenir la risée de son entourage.

Pour ce qui est du bel homme, le rapport est éloquent. Il doit dégager une certaine force sans pour autant ressembler à l'homme des cavernes. Chez lui, l'œil de lynx l'emporte sur l'œil de taupe ou l'œil au beurre noir. Le nez de vautour est fortement déconseillé. Ce qui prouve que le profil grec restera encore longtemps à la mode. Sa bouche, aux dents blanches autant que possible, ne grimace pas inutilement. L'homme qui a toujours la bouche fendue jusqu'aux oreilles se classe immédiatement parmi les gens qui ont un bon caractère mais reste marginal. L'oreille en chou-fleur est à proscrire et l'oreille molle manque d'ardeur. Un simple menton suffit amplement et domine le double et le triple menton. Son front ne doit pas se trouver tout le tour de sa tête mais demeure à l'avant.

Bien entendu, le sondage n'oublie pas le corps du bel homme. Il n'a rien à voir avec la charpente insensible des armoires à glace. Les muscles gonflés qui roulent sous la peau huilée ne sont pas nécessairement appréciés. Leurs propriétaires ont l'air des bonshommes des revues de santé. Les pieds trop longs nuisent aux danseurs. Les fesses trop grosses donnent une allure rapetissée.

La seconde partie du dossier concerne la belle femme. Ici, les citoyens se montrent fortement influencés par la mauvaise publicité, la télévision et le cinéma. Ils ne sont pas originaux pour deux sous. Voici, par exemple, ce qu'ils ont dit au sujet des cheveux de la belle femme :

*Les cheveux doivent être blonds,
longs et sentir bon. Quand la
femme court, ils doivent rebon-
dir et rester quelques secondes
dans les airs avant de retomber
sur ses épaules avec souplesse.
Dans la vie, ses cheveux doivent
se comporter comme s'ils figu-
raient dans un film que l'on
passe au ralenti.*

Les yeux pétillants sont très re-
cherchés. Le nez trop long donne l'air de
Cléopâtre. Le nez trop court a l'air d'un
point d'exclamation étonné de se retrouver au milieu d'une figure. Une
bouche de fraise ouvre l'appétit. Un petit
menton chatouilleux mais sans histoire
est toujours bien vu.

Mais le clou de l'enquête est résumé
sous le titre *Allure générale*. On peut y
lire :

*Tout en elle doit être délicat. Sa
taille de guêpe le prouve. Ses
pieds sont tellement minuscules qu'auprès d'elle Cendrillon
aura l'impression de porter une*

*paire de raquettes. Il lui faut
enfin des seins rebondis et des
fesses qui se balancent de gauche à droite.*

*   *   *

En rédigeant la seconde partie de
son dossier, Anne-Marie Galope a senti
la colère monter en elle. On raconte
qu'elle songe même à aller vivre ailleurs.
Elle fait présentement un sondage pour
connaître le pays où les gens intelli-
gents se respectent vraiment.

Belles têtes... de linotte

Vous avez dû remarquer que cette analyse de la beauté ne contient aucun détail concernant l'intelligence des belles personnes. C'est tout simplement parce que Catou Clin d'Œil a cru que les futurs clients de la machine à beauté voudraient conserver intacte cette partie importante de leur personnalité.

Le professeur Clou a aussi sa petite idée là-dessus. Selon lui, l'imbécile qui veut améliorer son intelligence n'a pas cinquante-six solutions. Il doit demander à ce qu'on lui greffe l'intelligence d'Arsène Clou lui-même. Ce que le génie refuserait bien entendu. Il y a quand même certaines limites à ne pas dépasser. Le jeune professeur veut bien aider l'humanité mais il ne veut pas lui céder une parcelle de son cerveau. Ce léger détail étant respecté, Clou est heureux. Le sondage d'Anne-Marie Galope sera d'un précieux secours pour l'avancement de la science.

Il caresse l'énorme bouton qui ne semble absolument pas gêné de se pointer sur le bout de son nez. Il se demande si les citoyens voudront bien se rendre à l'Université pour essayer sa machine.

« Vous connaissez ces imbéciles, explique-t-il avec une certaine prétention. Ils auront peur de moi. Ils voient toujours les génies d'un très mauvais œil. Ils croient aussi que l'Université va les garder prisonniers. »

Catou Clin d'Œil n'est évidemment pas d'accord avec le professeur. Mais elle sait que le moment serait bien mal choisi pour discuter. Alors elle répond :

« On n'a qu'à installer la machine dans mon studio de photographie. Les gens qui n'aiment pas leur tête n'auront qu'à s'embellir avant de se faire photographier.

— C'est loin d'être fou ce que vous dites là. »

Venant de la bouche d'Arsène Clou, vous devez considérer cette phrase comme le plus grand des compliments. D'ailleurs, Catou Clin d'Œil est persuadée que le savant vient de prononcer la phrase la plus gentille des dernières années de sa courte vie.

Sans plus s'étendre sur le sujet, le professeur convoque trois de ses assistants. L'un d'entre eux a l'avantage de posséder une camionnette, ce qui est bien utile quand on a une machine à beauté assez lourde à transporter.

* * *

Quelques heures plus tard, le précieux appareil est installé rue de la Trapéziste.

Après avoir pris soin de fermer tous les rideaux, Arsène Clou se frotte les mains. Le déménagement lui a été profitable. Il a pu réunir sur une série de petites cartes trouées toutes les informations contenues dans le dossier d'Anne-Marie Galope.

Pour certaines personnes, ces petits trous ne veulent rien dire. C'est carrément du chinois ou du martien. Quand on ne connaît pas intimement un ordinateur, on s'embourbe facilement dans le langage de l'informatique.

Un spécialiste comme Arsène Clou ne piétine pas inutilement. Il faut le voir nourrir sa machine à beauté.

Il insère délicatement ses cartes perforées dans de petites fentes taillées à cet effet. La machine ronronne un peu, allume quelques-unes de ses lumières et laisse bouger les aiguilles de ses cadrans. Tout cela veut dire qu'elle accepte les informations. Et elle les digère très bien. Gourmande, elle bouffe les cartes avec le plus bel appétit.

La scène devient touchante. La machine avale gloutonnement et le savant, au comble de la joie, sourit béatement. Ses trois assistants sourient également. La bouche ouverte, ils suivent attentivement chacun des gestes du professeur.

Après un gros quart d'heure durant lequel même Catou n'a osé bouger une oreille, la machine est prête. Et le professeur Clou s'énerve. Il tourne en rond. Ses petits yeux n'ont pas besoin de dire un mot. Ils cherchent évidemment le premier cobaye. Qui sera volontaire ? Qui voudra bien risquer de devenir la plus belle personne de la ville ? Qui, le plus facilement du monde, voudra franchir la porte de la célébrité ?

Bientôt, ses assistants font mine d'avoir beaucoup de travail à l'Université. Le génie les laisse repartir avec la camionnette.

« Le premier qui va se présenter ici, s'il ne sait pas ce qu'est la beauté, il va l'apprendre à ses dépens.

— Pensez-vous que c'est douloureux de devenir beau, professeur ? »

C'est là une question naïve. Mais le savant se sent piqué au vif.

« Non. Ma machine ne ferait pas de mal à une mouche. »

Et, comme s'il était un pantin mécanique que l'on a remonté à fond, Arsène Clou entreprend une envolée oratoire dont on se souviendra long-temps.

« Vous savez fort bien, ma chère Catou, que ma machine est faite pour redonner vie à ceux qui se trouvent laids. Croyez-moi, mademoiselle, je comprends parfaitement les gens qui détestent leur image. J'étais adolescent lorsque j'ai commencé à perdre des touffes de cheveux. À ce moment-là, je n'en menais pas large. Je n'osais même plus me regarder dans une glace. Je faisais une demi-crise cardiaque chaque matin au moment de me brosser les dents. Pour ne plus avoir à affronter le porc-épic mité que je devenais, j'ai cessé de me laver les dents. Et vous savez ce qui m'est arrivé par la suite ?

— Plus personne n'osait vous adresser la parole parce que vous n'aviez pas bonne haleine, lui répond brillamment Catou Clin d'Œil.

— Non, reprend le génie. Pour ajouter à mon malheur, mes pauvres dents se sont gâtées. Ma bouche est lentement devenue l'espèce de gouffre sans nom qui fait mal chaque fois qu'un

53

peu de crème glacée s'y promène. Bien entendu, je ne parle pas du chocolat et de tous les bonbons que j'adorais... »

Comme tous les grands hommes, le professeur Clou a donc un petit côté sensible. Catou Clin d'Œil commence à saisir pourquoi le célèbre bonhomme a si mauvais caractère. Pour le consoler, elle lui propose même :

« Ne vous lamentez pas, professeur Clou. Pourquoi n'essayez-vous donc pas votre appareil ? Que diriez-vous de devenir le plus bel homme de la ville ? »

Un coup de fouet n'aurait pas plus d'effet sur le savant.

« Ah non ! Vos conseils sont parfaitement idiots ! »

Consolé aussi soudainement qu'il s'était attendri, l'inventeur poursuit avec sa plus belle assurance et un regard hautain :

« Je ne suis quand même pas pour devenir le cobaye de ma propre invention. Si vous n'avez jamais lu l'*Homme invisible*, mademoiselle, je vous conseille fortement d'y jeter un œil. Imaginez seulement que je me sois trompé dans mes calculs. »

Catou Clin d'Œil a beau être naïve, elle ne reste pas moins très honnête. Alors, avec le plus grand sérieux du monde, elle déclare :

« Professeur Clou, je n'apprécie pas du tout votre attitude. Vous ne voulez pas risquer votre vie avec votre appareil, mais vous êtes prêt à mettre en péril la première personne venue. Je ne sais pas ce qui me retient de vous donner un bon coup de poing sur le nez agrémenté d'un solide coup de pied dans le derrière. »

La photographe n'a même pas esquissé un geste pour exécuter ses menaces que le professeur Clou, soudain doux comme un agneau, devient solennel.

« Je n'ai jamais voulu risquer la vie de qui que ce soit. Mais imaginons qu'un pauvre imbé... pardon ! qu'une pauvre personne ressorte de ma machine complètement endormie. Il faudrait bien qu'un scientifique compétent examine la situation et trouve pourquoi elle dort ainsi. S'il fallait ajuster quelques boutons pour remettre l'appareil d'aplomb et réveiller la pauvre victime, qui d'autre que moi pourrait le faire ? »

Le professeur a raison.

Au fond, le problème est simple. Il faut trouver un cobaye. Mais qui ?

C'est alors que s'amène...

La machine prend la tête

Du premier coup d'œil, vous ne le reconnaîtrez jamais. Vous vous demanderez qui est cet individu à l'allure bizarre. Quand vous serez plus près, vous le replacerez. Peut-être vous demanderez-vous alors quelle idée ridicule lui a traversé l'esprit ?

Tout est tellement simple pourtant.

Josaphat Pavillon n'est pas seulement dur de la feuille, il a également la tête très dure. Il tient à prendre place dans son album de famille. Rien au monde ne lui fera abandonner cette idée. Il veut obliger Catou Clin d'Œil à le photographier dans toute sa beauté. Aujourd'hui, il semble cependant décidé à ne pas laisser ses oreilles gâcher le portrait. Alors l'homme qui n'entend même pas son ombre marcher à côté de lui a imaginé un moyen sûr et efficace d'atténuer cet handicap.

Grâce à une énorme quantité de papier collant, il a réussi à coller les deux fantastiques volets qui attendent le moindre vent pour claquer. Une fois ce travail accompli, Josaphat Pavillon a opté pour une toute nouvelle coiffure. Au lieu de lisser étroitement ses cheveux contre son crâne, il a adopté une raie centrale. Cela permet à ses cheveux de descendre de chaque côté de sa tête et de masquer ainsi ses oreilles bricolées.

En pénétrant dans le studio de Catou Clin d'Œil, le père Josaphat est estomaqué. Il ne pensait jamais se retrouver devant une machine aussi énorme et surtout pas rencontrer un jeune homme aussi laid que le professeur.

Un certain frisson lui court le long de la colonne vertébrale. Et, avant d'être cloué sur place, il tourne les talons en disant :

« Excusez-moi. Je repasserai demain. »

Le professeur Clou, impatient comme vous le savez, lui réplique d'une voix qu'il voudrait extrêmement chaleureuse et gaie.

« Ne partez pas, mon pauvre monsieur.

— Mes yeux ? Qu'est-ce qu'ils ont, mes yeux ? »

Voilà la preuve évidente que des oreilles recollées ne guérissent pas nécessairement la surdité.

Le savant ne se laisse cependant pas démonter par une réponse aussi bizarre.

« Vos yeux n'ont absolument rien de particulier. Ils font tout ce qu'ils peuvent pour sauver votre apparence qui est abominable.

— Je vous demande respectueusement pardon. Je ne suis pas un beau minable.

— Je sais. Ne vous mettez pas en colère. Je suis moi-même très chatouilleux et souvent de mauvaise humeur.

— De quelle rumeur voulez-vous parler ? »

Le professeur Clou a croisé assez de gens dans sa vie pour savoir comment faire entendre un sourd. Alors, avec son plus beau sourire, il ouvre les bras comme s'il voulait accueillir Josaphat dans son royaume.

« Monsieur, vous êtes affreux mais vous êtes notre soleil.

— Mes oreilles ? Qu'est-ce qu'elles ont encore, mes oreilles ? »

En portant les mains de chaque côté de sa tête, Josaphat Pavillon effleure ses fragiles panneaux qui profitent de l'occasion pour se décoller immédiatement. L'événement provoque un courant d'air. La pauvre Catou se met aussitôt à rapailler les feuilles qui virevoltent un peu partout. Et le sourd ne peut pas faire autrement que de voir ses propres oreilles puisque, dans un premier temps, elles viennent se rabattre devant ses yeux.

Insulté, il se met à crier de toutes ses cordes vocales :

« Je vous défends de rire de mes oreilles ! »

Le professeur Clou profite de l'occasion pour lui poser directement la question qui lui brûle les lèvres :

« Voulez-vous devenir beau ?

— Je ne suis pas sourd comme un pot.

— Cette machine, poursuit le savant qui ne veut pas être contrarié, va faire de vous le favori de ces dames.

— Vous croyez vraiment que c'est la solution à mon drame ?

— Pourquoi pas ?

— Quels pas ?

— Ici. Entrez dans cette machine, conseille le savant. En un clin d'œil, vous serez un autre homme.

— Pourquoi voulez-vous me donner de la gomme ? »

C'est alors que Catou Clin d'Œil utilise son petit truc toujours efficace contre la surdité. Elle s'agrippe à l'oreille gigantesque du pauvre sourd et crie à pleins poumons :

« Parce que vous êtes sympathiques ! ! ! »

Après avoir sursauté comme un endormi qu'un coup de klaxon réveille à trois heures du matin, Josaphat Pavillon fini par sourire à la ronde et déclare d'un ton chaleureux :

« Eh bien, si c'est magique, je suis d'accord. Vous auriez dû le dire plus tôt au lieu de me faire accroire les plus grandes bêtises du monde. Jai toujours adoré la magie. Alors, qu'est-ce qui se passe ? J'entre dans cette machine et j'en ressors en marchant sur les mains ?

— Pas tout à fait, balbutie le professeur Clou.

— Si c'est parfait, je suis prêt. »

À la surprise générale, le sourd aux grandes oreilles pénètre dans la machine à beauté. L'inventeur a beau ne pas en croire ses yeux, il ne se perd pas en explications superflues. Il referme vivement la porte.

Puis, à la façon des savants démoniaques que l'on a coutume de croiser dans les films d'horreur, il ricane malicieusement... tourne deux ou trois boutons frénétiquement... et descend un levier rapidement.

Jusque-là, Catou Clin d'Œil ne savait pas trop à quoi s'en tenir. Maintenant, elle commence à avoir peur.

La machine fait un bruit infernal. Elle secoue la maison comme si elle était un navire en pleine tempête. Ajoutez à cela la fumée et les étincelles et vous croirez que la terre va bientôt s'ouvrir pour gober la rue de la Trapéziste au grand complet.

*   *   *

La machine à beauté est encore en plein travail quand Martin Corbillard arrive à toute vitesse. Il dormait paisiblement lorsque son petit lit a été violemment secoué. Comme il a ordinairement peur de tout, il a décidé de se mettre à l'abri dans la cave de l'édifice. Le voici donc à bout de souffle avec dans les bras un extincteur qu'il a toutes les misères du monde à traîner.

Le frêle propriétaire a beau crier, personne ne l'entend. Il s'imagine aussitôt que le professeur Clou est un fou dangereux fraîchement échappé de l'asile le plus près. Corbillard soulève alors son extincteur au bout de ses bras pour le rabattre sur la tête de Clou. Comme d'habitude, il abuse de ses forces. Tout ce qu'il réussit à faire, c'est de s'arroser copieusement la figure avant de tomber dans les pommes à moitié noyé. Le pauvre homme n'a même pas réussi à se faire remarquer.

La machine arrête enfin son vacarme. Comme s'il croyait encore au père Noël, le professeur se presse d'ouvrir la porte de son appareil. Catou Clin d'Œil remonte une fois de plus ses lunettes.

Les oreilles d'éléphant de Josaphat Pavillon se sont envolées. Elles ont fondu. Pfuitt ! ! ! Pour être clair : Josaphat Pavillon ressemble en tout point à l'image du bel homme que l'enquête d'Anne-Marie Galope a dessinée.

Au lieu d'être fou comme un balai et de chercher un miroir pour s'admirer, voilà que notre nouvel Adonis prend son air le plus effarouché. Il vient de voir le pauvre propriétaire.

« Cette fois-ci, ce n'est pas moi, crie-t-il de sa voix la plus forte.

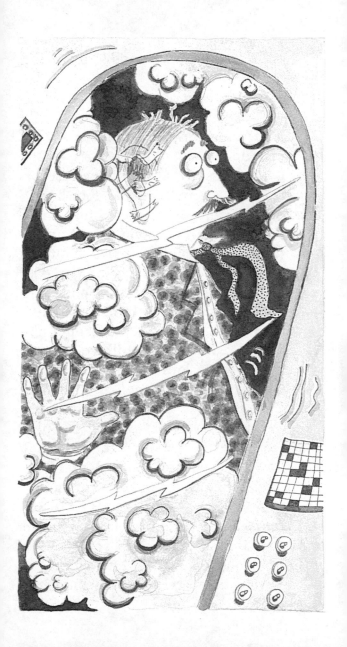

— Mais oui, c'est vous ! lui répond le savant.

— Je ne suis pas un voyou.

— Vous êtes encore sous le choc de la transformation, voyons. Vous êtes magnifique ! ! ! »

Le professeur Clou a beau trépigner de joie, se montrer de fort bonne humeur et compréhensif comme jamais il ne l'a été dans sa vie, le nouveau Josaphat Pavillon ne veut rien entendre. Vous allez dire que, dans son cas, ce n'est pas très nouveau. Vous avez parfaitement raison. Cela ne lui enlève cependant pas son air traqué. Il enjambe le corps de Martin Corbillard, recule vers la porte et s'enfuit dans le soir.

Les gens sont vraiment ingrats. Ils ne pensent pas à remercier ceux qui leur rendent un petit service. En prenant la poudre d'escampette, Josaphat Pavillon ne s'est même pas demandé à quoi ressemblait sa nouvelle image.

Arsène Clou est furieux. Comment le reconnaîtra-t-on comme le plus grand génie de tous les temps si ses cobayes prennent leurs jambes à leur cou ?

« Nous avons cent fois raison d'être

déçus, dit Catou. Mais je pense que ce n'est pas une raison pour laisser crever M. Corbillard. Je me demande d'ailleurs ce qu'il fait là. »

La fille soulève le squelettique propriétaire. Elle voudrait le réveiller en douceur. Le professeur Clou saute à pieds joints sur cette chance.

« Minute, jeune fille. Ce bonhomme-là est affreusement maigre.

— C'est justement pour ça que je dois prendre mille précautions pour le déplacer. Je ne veux pas lui briser un membre. »

Le professeur se dandine de joie.

« Ne le réveillez pas. Faisons-lui la surprise de le rendre beau. Vite, installons-le dans la machine. »

Avant même que Catou ait trouvé un argument pour protester, la porte de la machine à beauté se referme sur l'étroit Martin Corbillard.

« Ne vous en faites pas, ajoute Arsène Clou. Dans quelques instants, vous aurez le plus beau propriétaire de la ville. »

Et il rit presque aussi fort que le vacarme de sa machine.

Les nouvelles têtes

« Ce miroir est-il vraiment un miroir ? »

C'est la première chose que l'homme le plus étonné du monde prend la peine de vérifier. Martin Corbillard se méfie des trucages. Sa nouvelle tête l'émerveille. Mais il a peur d'exécuter une petite danse de joie. Si on lui jouait un tour monumental, il aurait l'air parfaitement ridicule. Comme la plupart des gens que vous connaissez, Corbillard ne tient pas à être le dindon de la farce.

« Mais... mais c'est *ma* vraie tête, ça ! ! ! »

Le professeur Clou, main tendue, attend les félicitations de son patient. Son grand plaisir reste cependant suspendu quand la porte s'ouvre brusquement.

« Que personne ne bouge ! »

Le hurlement se veut autoritaire. Comme toujours, Jean Betterave, le célèbre détective boiteux, veut surprendre ses victimes.

Catou ne sursaute pas. Elle prend même sa voix la plus calme pour dire au policier qu'elle le trouve bien nerveux.

« Vous avez raison, répond-il. Je suis hypernerveux. À ma place, vous seriez très nerveuse, vous aussi.

— Il n'y a pas de quoi paniquer, dit Catou en remontant ses lunettes géantes. Il me semble qu'on n'entre pas dans un studio de photographie comme dans un moulin... du moins à cette heure-ci de la soirée. »

Pour se calmer un peu, le pauvre détective se met cahin-caha à faire les cent pas au milieu de la place. Catou, Martin Corbillard et le professeur Clou le suivent des yeux. Ils finissent par dodeliner de la tête. Martin Corbillard somnole bientôt. Et, avant que l'inventeur ne pique une crise, Jean Betterave prend la parole. Il parle autant pour lui-même que pour les autres. Il veut résumer la situation.

« Écoutez-moi bien. Je sais que certaines choses très louches se passent ici. Je veux en avoir le cœur net. Depuis quelques jours, je surveille votre studio, mademoiselle Clin d'Œil.

— Pourquoi ? »

Catou est l'honnêteté même. Alors imaginez sa surprise d'apprendre qu'un inspecteur de police perd son temps à surveiller son petit studio.

« Je ne mets pas votre honnêteté en doute, poursuit Jean Betterave en claudiquant toujours, mais mon devoir est de protéger les braves citoyens de cette ville. L'autre jour, j'ai pu voir un homme assommer votre faible propriétaire. Comme je n'ai pas l'intention de ramasser ce brave type à la petite cuillère, j'ai décidé de veiller un peu sur lui. »

Réveillé par ce commentaire, Martin Corbillard, que son protecteur ne reconnaît pas, tente d'éclaircir la situation. Mais Jean Betterave ne veut rien savoir. D'une voix qui le fait lui-même sursauter, il exige le silence le plus complet. Cela n'empêche pas le savant qui fulmine à souhait de le traiter d'imbécile.

« Je vous prierais de garder vos jugements pour vous-même et de me laisser poursuivre mon raisonnement. Je surveille donc votre studio depuis quelques jours, mademoiselle Clin d'Œil. Je ne connais rien à la photographie, mais je trouve tout de même que votre nouvel appareil prend beaucoup de place.

— C'est que..., tente de dire Catou.

— Silence, hurle Betterave. Je surveille votre studio et voilà que, ce soir, je vois Josaphat Pavillon pénétrer ici. Il a beau faire des pieds et des mains pour dissimuler ses énormes oreilles, mon œil averti le reconnaît immédiatement. Comme vos fenêtres sont masquées, mademoiselle Clin d'Œil, je n'ai pas pu voir ce qu'il a fait. Une chose est certaine cependant. Il a fait beaucoup de bruit. Moi-même, j'ai dû enfouir ma tête dans mon bel imperméable beige pour

empêcher mes tympans d'éclater. Et j'allais entrer lorsque j'ai vu cet homme sortir en courant. »

En disant cela, il désigne le beau Martin Corbillard du doigt. Le propriétaire ne comprend pas. On l'accuse d'être sorti alors qu'il n'a pas encore eu la chance de parader sa belle physionomie dans les rues de la ville. Mais Catou commence à saisir l'étrange mystère que le cerveau de Jean Betterave n'arrive pas à démêler. Arsène Clou ricane doucement. Il a toujours apprécié les situations échevelées. Des malins ajouteront que sa coiffure le prouve.

Le détective qui croit tenir son public en haleine poursuit d'un ton très théâtral :

« Cet homme venait donc de fuir lorsque votre propriétaire est entré ici. Je me suis dit : " Reste aux aguets, mon Jean, et note ce qui va se passer. " C'est alors que d'autres bruits terribles se sont fait entendre. Et voilà que je décide d'intervenir pour découvrir quoi ?

— Le pot aux roses, conclut Catou Clin d'Œil.

— Non. Pour retrouver l'homme que j'ai vu fuir tout à l'heure. Par où est-il entré de nouveau ? Voilà un point d'interrogation que ma brillante enquête devra redresser. Mais ce qu'elle devra surtout découvrir, c'est l'endroit où se terrent l'homme aux grandes oreilles et le propriétaire maigrelet. »

Jean Betterave n'a pas sitôt appliqué le point qui termine sa phrase que Catou Clin d'Œil, Arsène Clou et Martin Corbillard se mettent à parler en même temps.

De sa jambe la plus courte, Betterave commence à taper du pied.

« Un peu d'ordre, s'il vous plaît. Un témoin à la fois. Et je veux d'abord entendre les explications du plus vieux d'entre vous. »

À cause de sa tête, Arsène Clou se sent directement concerné. Il entame un discours tout tacheté de petits ricanements qui donnent froid aux os de Martin Corbillard. Le faible propriétaire est peut-être beau, mais il ne se sent pas plus fort pour autant.

« Mon cher Sherlock Holmes

miniature, dit le savant, je ne prendrai pas quatre chemins. Les deux personnes que vous cherchez du bout de votre museau congestionné sont là. »

De sa main la plus folle, le génie désigne la porte de la machine à beauté.

« Un instant, s'écrie le policier. Je veux jeter un coup d'œil à cet étrange appareil. »

Sans attendre l'assentiment de l'inventeur, le boiteux pénètre dans la machine en reniflant sérieusement.

« Que sont-ils venus chercher ici ? questionne-t-il d'une voix à laquelle se mêle un peu d'écho.

— Le bonheur et la beauté, répond le professeur Clou en refermant la porte sur le pauvre naïf.

— Mais qu'est-ce que vous faites ? demande Catou.

— Je lui donne une leçon.

— Il ne faut pas faire des choses comme ça. »

Catou a à peine terminé sa phrase que Martin Corbillard déclare qu'il se sent très faible.

La fille l'attrape juste avant qu'il

ne tombe en pleine figure. En agissant prestement, elle sauve le profil du bel homme de la catastrophe.

Pendant ce temps, Jean Betterave tape comme un forcené dans la porte de la machine.

Catou décide de prendre la situation en main. Elle dit qu'il vaut toujours mieux ne faire qu'une chose à la fois. Elle demande au professeur de rester bien tranquille pendant qu'elle ira coucher Martin Corbillard.

Le professeur promet d'être sage comme une image.

La fille et l'endormi n'ont pas sitôt passé la porte qu'ils entendent le bruit d'enfer de la machine à beauté. Un petit ricanement de diable en folie se perçoit aussi au cœur de ce tintamarre.

*   *   *

En sortant de la machine, Jean Betterave n'est pas très beau à voir. Ne croyez pas que l'invention ait mal fonctionné. Oh non ! Jean Betterave est aussi beau que Josaphat Pavillon et Martin Corbillard. Il leur ressemble comme des frères... comme des sosies, devrait-on dire. Le seul problème, c'est que le détective ne prend pas la peine de constater qu'il est devenu beau. Il entre dans une colère terrible. Il piétine et boite plus que jamais.

« Ah ! ah ! Vous m'avez enfermé pour faire fuir vos complices. Ça ne se passera pas comme ça, tonne-t-il. Je vais de ce pas mettre la main au collet de ces vauriens. Vous, ne bougez pas d'ici. Vous êtes en état d'arrestation. »

Et, avec la vitesse d'un éclair qui clignote, l'enquêteur sort du studio sans remarquer que Catou descend l'escalier.

Quelques secondes plus tard, quand elle demande à Arsène Clou ce qui s'est passé pendant son absence, le professeur ne peut lui répondre.

Il est par terre, plié en deux, complètement étouffé. Il se tord de rire.

Un vrai casse-tête

À l'unique poste de police de la ville, la soirée se termine d'une bien drôle de façon.

Placide Vingtsous, le policier de garde, est un homme très calme de nature. Il passe ordinairement ses soirées à faire ses mots croisés et à écouter ses menuets.

La ville d'Ici n'est pas une ville à problèmes. Les nuits sont sans histoire et Placide Vingtsous ne s'en plaint pas.

En jouant au hockey, il a déjà reçu une rondelle sur le nez de sorte qu'il ne respire plus que par la bouche. Comme il a toujours la bouche ouverte et le nez croche et décentré, les gens s'imaginent qu'il ne comprend rien. Ce en quoi ils se trompent énormément. Il est vrai que Vingtsous n'a jamais senti le besoin de prouver qu'il était d'une perspicacité peu commune.

Imaginez quand même la figure qu'il fait quand un individu très pressé se présente devant lui. Dans un premier temps, le bon Placide se demande si l'homme n'est pas poursuivi. La chose serait possible puisqu'il a une bonne tête. Une tête de vedette de cinéma. Et tout le monde sait que les vedettes de cinéma sont parfois traquées par leurs admirateurs ou par les photographes curieux. L'agent Vingtsous veut bien offrir l'hospitalité à une pauvre célébrité. Il trouve cependant que l'homme va un peu loin quand il se dit sur la piste de dangereux malfaiteurs.

« Voyons, Vingtsous. C'est moi, Betterave. J'ai besoin de renfort. Grouille. »

Placide Vingtsous ne bronche pas. Il n'est pas un amateur.

D'accord, le type boite à la perfection.

Il porte aussi l'éternel imperméable de Jean Betterave, le détective. Mais, comme joueur de tours, il manque passablement d'imagination. Comment un individu peut-il croire qu'un imperméable beige et quelques pas boitillants vont tromper l'ingénieux Placide Vingt-sous ?

Le bonhomme imite parfaitement la voix de Betterave, c'est vrai. Mais Vingt-sous n'est quand même pas pour déranger son chef et tous ses confrères pour secourir le premier imitateur venu. Il dit clairement à ce faux Jean Betterave qu'il ne mord pas à ce jeu. Betterave insiste et insiste... si bien que l'agent n'a d'autre solution que de l'enfermer dans une cellule.

Quelques minutes plus tard, c'est le téléphone qui le dérange à son tour. Une brave dame du boulevard des Magiciens se plaint d'un individu qui est entré chez elle. Non seulement n'a-t-il jamais voulu admettre qu'il s'est trompé d'adresse, mais il s'est couché à la place de son mari. Pour ne pas déranger ses confrères, Placide décide d'aller lui-même chercher cet hurluberlu chez Mme Pavillon. À sa grande surprise, cet homme semble être le frère jumeau de son premier prisonnier.

Dès que les deux sosies se trouvent l'un devant l'autre, au lieu de s'embrasser, ils se traitent comme chien et chat.

Placide Vingtsous laisse les deux beaux hommes s'engueuler dans la même cellule. De son côté, pour avoir la paix, il poursuit ses mots croisés en augmentant légèrement le volume de ses menuets.

Pendant ce temps, Catou Clin d'Œil tente tant bien que mal de faire cesser les rires du professeur Clou. Ce n'est que tard dans la nuit qu'elle y parviendra, une fois qu'elle aura épuisé toutes les histoires les plus ennuyeuses de sa connaissance.

*   *   *

Vraiment Martin Corbillard est aussi beau qu'hier.

« Oui, il est très beau. »

Armandine Molaire n'a pas peur de faire une telle affirmation. Au petit

écran, Martin Corbillard est tout souriant. On pourrait vraiment croire qu'il veut plaire à tous les téléspectateurs qui, dès six heures le matin, n'oseraient jamais manquer l'émission *L'Homme et l'Événement du jour*. Les maquilleuses n'ont même pas eu besoin de ragaillardir le teint du bel homme. Ce qui est rare pour une émission aussi matinale.

Corbillard tient une photo pour la caméra. Une vilaine photo jaunie qui montre clairement à quoi il ressemblait quand il était le roi des squelettes vivants. L'animatrice rit aux éclats.

Elle déclare qu'elle n'est pas dupe d'une aussi méchante blague.

« Ne vous inquiétez pas, mesdames et messieurs, je vais exiger des preuves de la chose. Nous ne sommes tout de même pas les premiers venus. Si le certain Martin Corbillard, que vous avez devant vous, continue de sourire, nous croyons qu'il perdra bientôt cet élément de son charme. Oui, mesdames et messieurs, il aura à nous prouver qu'il n'est pas un imposteur. »

Ces railleries ne semblent pas

démonter Martin Corbillard pour deux sous. Il présente les deux personnes qui ont complètement changé sa vie : Catou Clin d'Œil, la photographe de la rue de la Trapéziste, et Arsène Clou, le célèbre savant au très mauvais caractère.

Le professeur Clou, remarquant qu'une caméra le fixe intensément, n'hésite pas une seconde. Il déclare que son invention est tout à fait géniale et que ceux qui pensent le contraire sont carrément des imbéciles.

En abordant ainsi le pauvre public qui déjeune chez lui, le savant est loin de se faire des amis.

Il a bien de la chance que Catou enchaîne aussitôt. Elle explique brièvement que la machine à beauté, que tous les téléspectateurs peuvent d'ailleurs voir, n'est pas née d'une formule magique. Au contraire, elle est l'aboutissement d'une longue recherche scientifique.

« Elle a été programmée à partir d'un autre des fabuleux sondages d'Anne-Marie Galope. Je vous garantis que cet appareil peut, en quelques secondes, transformer une personne qui ne se trouve pas belle en un individu très acceptable.

— J'en suis la preuve vivante, ajoute Martin Corbillard qui décidément devient prétentieux.

L'animatrice commence à croire qu'elle est en train de perdre la vedette de ce programme. Elle saute sur son micro. Rouge de colère, elle crie qu'elle exige des preuves.

Catou Clin d'Œil prend le temps de remonter ses énormes lunettes avant de dire :

« Comme vous pouvez le constater, je ne suis pas la jumelle de la Vénus de Milo. Alors, pour vous montrer l'efficacité de cette machine, je suis prête à entrer dedans. »

C'est à cet instant que se produit un phénomène qu'on ne rencontre que très rarement dans le domaine de la télévision. Béatrice Cheminée, dont vous vous souvenez peut-être, est la réalisatrice de cette émission. À la surprise générale, son nez gigantesque vient remplir tous les petits écrans de la ville. Elle a cédé sa place à son assistant et elle exige une chose :

« Je ne veux pas que vous vous moquiez de nous. Je veux être votre victime et cela pour le bien de la beauté universelle. »

Catou Clin d'Œil ne sait plus sur quel pied danser. L'animatrice reste bouche bée. Elle ne trouve aucun commentaire logique pour excuser les agissements de sa patronne. Arsène Clou est ravi.

Martin Corbillard, qui n'est toujours pas plus fort qu'avant, profite de l'ardeur des réflecteurs pour perdre connaissance. Quelques habiles machinistes rampent jusqu'à lui. Sans même se montrer le bout du nez, ils le tirent par les pieds hors du champ des caméras.

Pendant ce petit incident, Béatrice Cheminée ne lambine pas. Nez le premier, elle pénètre dans la machine à beauté.

Encore une fois, Arsène Clou succombe à sa crise habituelle. Il manipule gaiement boutons et levier de sa machine sans se soucier de l'image du savant fou qu'il projette dans tous les foyers de la ville.

Au bout du tintamarre que vous connaissez bien, les musiciens de l'émission attaquent la musique préférée de Béatrice Cheminée. Et cette grande dame, qui avait passé des années d'enfer à regarder pousser son appendice nasal, sort de la machine comme une starlette qui ne demande qu'à faire du cinéma.

Toute la ville, devant son chocolat chaud ou son café, n'en croit pas ses yeux.

« La science fait des progrès, murmure-t-on par-ci par-là.

— La beauté vient de faire un pas de géant, entend-on.

— Est-ce possible ? se demande-t-on.

— Pourquoi pas ? » répond-on.

Seuls les enfants ne réagissent pas plus qu'il ne le faut. Ils continuent à manger leurs céréales en pensant qu'ils ont déjà vu des spectacles de magie beaucoup plus drôles. Et puis, ils savent bien que tout ce qu'on leur montre à la télévision n'est pas toujours vrai. Ils ont déjà vu de bons savants se transformer en monstres et des grenouilles sans envergure devenir des princesses. Ce n'est donc pas la transformation d'une bonne femme au gros nez qui va les impressionner. De toute façon, ils sont pressés. Les autobus scolaires circulent déjà dans les rues.

Chez les adultes, c'est une autre histoire. Ils croient tout ce que la télévision leur raconte, les adultes.

* * *

Le seul homme d'Ici qui soit vraiment resté hors de toute cette affaire, c'est vraisemblablement Placide Vingtsous.

Toujours à son poste, l'agent Vingtsous a passé une nuit de fou. Les deux jumeaux qu'il a eu le malheur d'enfermer ensemble se sont dit les pires bêtises du monde. Au bout de quelques heures, Placide avait beau augmenter encore et encore le volume de ses menuets, il ne pouvait plus se concentrer sur ses mots croisés. Alors, pour s'isoler, il a enfilé une paire d'écouteurs. Branché à son magnétophone, il a retrouvé la paix.

Il a fait une demi-douzaine de mots croisés. Quand ils ont manqué de voix, ses deux prisonniers se sont endormis. Mais Vingtsous ne s'en est pas aperçu. Il n'a même pas levé la tête quand son patron, qui se présente toujours tôt le matin, est arrivé.

Ce bonhomme, Henri Salade, est un véritable maniaque de la télévision. Placide ne lui a pas rendu son bonjour. Et, lui, il ne s'en est pas aperçu tellement il était pressé d'allumer le téléviseur du poste.

Le sujet de l'émission de ce matin l'a tout de suite intéressé. En le voyant, vous devineriez immédiatement pourquoi.

Sans déranger son gardien de nuit, il a contacté tous ses hommes. Selon lui, quand quelque chose se passe enfin, le corps policier doit être sur les lieux.

Quelques minutes plus tard, en levant les yeux pour chercher un mot difficile, Placide Vingtsous aperçoit le frère jumeau de ses deux prisonniers. Vous reconnaissez tout de suite Martin Corbillard. Mais, lui, il se contente de dire :

« Tiens ! tiens ! Qu'est-ce qu'il raconte de bon ? »

Il s'approche de l'appareil pour en augmenter le volume. Il a complètement oublié ses écouteurs. Pauvre Placide Vingtsous ! Il conclut tout simplement que ce téléviseur est défectueux. Il pense à son patron qui ne sera pas trop content de la chose. Comme il ne connaît rien à ces machines à images, il hausse les épaules.

Lentement, il tourne le bouton de l'appareil pour retourner à ses bons vieux mots croisés qui ne disent rien et n'ont rien de défectueux.

Tout le monde perd la tête

Rue de la Trapéziste, les automobiles ne circulent plus. Celles qui se sont fait surprendre par le flot des piétons restent immobilisées. Les chauffeurs ne se plaignent pas. Ils acceptent leur sort en se mêlant à la foule.

La rue est bondée. Comme un lieu qui vit une fête ou une folie. Les artères perpendiculaires, les avenues du Funambule et de la Dompteuse, sont également congestionnées.

Les policiers de la ville se sentent très importants. Ils obligent les gens à former de longues files. Et toutes ces personnes ont beau s'écraser les petits cors, elles ne semblent pas se décourager.

Ce beau monde — ce qui est une façon de parler puisque tous ne sont pas jolis — ne vise qu'une chose : la porte du studio de Catou Clin d'Œil.

Dans ce studio, le professeur Clou est tout simplement aux petits oiseaux. Il brille de tous ses feux. Il n'a plus besoin de manipuler boutons et levier. Sa machine fonctionne automatiquement. Lui, il sautille, se gratte, crie victoire, se frotte les mains et se tord le nez.

Catou, elle, a à peine le temps de prendre le nom et l'adresse des clients. Ils sont impatients. Dès qu'ils sont appelés, ils se précipitent dans la machine à beauté.

Vraiment cette machine fait sensation. D'Armandine Molaire, qui admet maintenant qu'elle n'a jamais aimé ses dents, jusqu'à l'inconnu qu'un petit bouton dérange, tout le monde veut devenir beau. Tous veulent être parfaits.

La ville est rapidement devenue une

espèce de fourmilière. De son hélicoptère, le spécialiste de la circulation s'exprime d'ailleurs ainsi :

« Mesdames et messieurs, la ville d'Ici connaît, ce matin, une activité absolument incroyable. Les citoyens sortent de partout pour se diriger vers la rue de la Trapéziste. Là, personne ne l'ignore maintenant, se trouve le studio de photographie de Mlle Catou Clin d'Œil. Cette rue connaît donc un embouteillage monstre. Hommes et femmes se bousculent à qui mieux mieux. Chacun cherche à passer devant la personne qui le précède. Les gros écrasent les petits. Les minuscules mordent les mollets des plus grands. Certains font semblant d'être malades. Ils veulent seulement qu'on les traite aux petits oignons. Mais les agents de la paix, sous les ordres du chef Henri Salade, veillent à ce qu'il n'y ait pas de passe-droit. Malgré son impatience, la foule conserve sa bonne humeur. De-ci de-là, on entonne des chansons populaires. Les gens qui finissent par entrer dans le petit studio en ressortent quelques minutes plus tard par la porte arrière. De là, ils filent chez eux à toute allure. Chacun va s'admirer en paix dans son petit miroir personnel. Maintenant, excusez-moi, mesdames et messieurs, je quitte l'antenne pour retourner sur la terre. Je veux, mois aussi, connaître les bienfaits de la machine à beauté. »

Ainsi se déroule la journée la plus folle de toute l'histoire de la ville d'Ici. Emportés par la fièvre de la beauté, les policiers responsables du bon ordre ne résistent pas plus que les autres aux charmes de l'incroyable appareil.

Un peu avant minuit, comme le dernier client vient de disparaître, Catou Clin d'Œil ne remonte pas ses grosses lunettes. Elle les dépose plutôt sur la table et se frotte les yeux. Et tout à coup, à la façon d'un joueur de football qui veut marquer, elle plonge entre les jambes du professeur Clou pour pénétrer dans la machine à beauté. Étourdi par sa journée, Arsène Clou saute à son tour dans le ventre de sa célèbre invention.

En ressortant, Catou Clin d'Œil est

à l'image de la belle fille. Elle constate toutefois que la beauté parfaite ne corrige pas la myopie. Elle n'a pas sitôt chaussé ses énormes lunettes qu'elle voit un beau jeune homme sortir de la machine.

« Bonjour, monsieur, lui susurre-t-elle en replaçant quelques mèches de ses cheveux.

— Voyons, chère Catou. Je suis Arsène Clou.

— Excusez-moi, professeur, vous ressemblez tellement à notre nouveau Martin Corbillard que je vous ai pris pour lui.

— Je ne suis pas Martin Corbillard, reprend le génie avec l'ardeur de ceux qui sont atteints de la folie des grandeurs. Je suis Arsène Clou et, pas plus tard que demain, le monde entier connaîtra enfin mon vrai visage. »

*   *   *

Le soleil n'a même pas fini de s'étirer que la ville entière a les noms de Clou et de Catou Clin d'Œil sur les lèvres. Voici d'ailleurs comment tout cela commence.

Au poste de police où Jean Betterave et Josaphat Pavillon sont toujours retenus, on a complètement oublié Placide Vingtsous. La cohue de la rue de la Trapéziste a tellement troublé ses confrères que personne n'a songé à le remplacer. Henri Salade et les autres avaient, vous le savez, la tête ailleurs.

Vingtsous ne s'est pas plaint. Ce ne fut pas le cas de ses prisonniers. Tiraillés par la faim, le sourd et l'inspecteur de police ont commencé par l'appeler. Lui, perdu dans les menuets que ses écouteurs lui chantaient aux oreilles, il a poursuivi ses mots croisés sans dire un mot. Se croyant seuls, le père Josaphat et le boiteux ont repris leurs engueulades invraisemblables. Ayant épuisé sa provision de mots croisés, le gardien s'est endormi sans trop s'en rendre compte. Au bout de leur deuxième nuit mouvementée, Betterave et Pavillon ont fini par s'assommer d'un commun accord. L'affaire de la machine à beauté a donc roulé sur Placide Vingtsous comme l'eau sur le dos d'un canard.

Quelques minutes avant six heures du matin, l'agent Oscar Nombril lui tape sur l'épaule. Fier de sa nouvelle physionomie, il sourit de toutes ses dents.

« Et puis, mon Placide, comment me trouves-tu ? »

Placide Vingtsous, les écouteurs toujours sur les oreilles, n'en croit pas ses yeux.

« Comment avez-vous fait pour vous échapper ?

— Échappé ? Je ne me suis échappé de nulle part ! »

La bouche de l'agent Nombril bouge bel et bien, mais Placide ne perçoit pas un traître son. Il comprend enfin qu'il doit mettre ses menuets de côté.

« Je vous demande comment vous avez fait pour sortir de votre cellule et enfiler un costume de policier ?

— Placide, tu es complètement dans les patates. Réveille, mon vieux. Je comprends que tu ne me reconnaisses pas. Mais je ne suis personne d'autre que moi, Oscar Nombril en chair et en os.

— Je reconnais ta voix, Oscar, Mais... »

Avant même qu'il ait réussi à amener l'agent Nombril vers la cellule, Placide Vingtsous a la très forte impression d'avoir la berlue. Bien oui, Henri Salade, son chef, fait son entrée triomphale en saluant tout le monde de sa voix tonitruante. Aujourd'hui, encore plus que d'habitude, il veut attirer l'attention sur sa belle personne. Mais tout ce qu'il constate c'est que Placide Vingtsous est là, la bouche grande ouverte, avec son sosie à côté de lui.

Le chef se tient le cœur. Une fois qu'il est sûr de ne pas faire de crise cardiaque, il se précipite au collet d'Oscar Nombril.

Placide Vingtsous ne dit rien. Il se contente de penser que les gens qui ont la tête de son chef, d'Oscar Nombril et de ses deux prisonniers sont de bien pauvres types.

*　　*　　*

Les minutes qui suivent se transforment en véritable révolution. La situation n'est pas compliquée. Elle paraît même trop simple. Tous les adultes de la ville ont exactement la même tête. Les hommes sont beaux. Les femmes sont belles. Tous à l'image des modèles d'Anne-Marie Galope*. Ils sont des photocopies de la même personne, des photographies monotones des mêmes mannequins.

Le boucher, qui tranche le steak d'Armandine Molaire, prend sa cliente pour la mairesse. Cela ne plaît pas beaucoup à Armandine. Elle ne peut absolument pas sentir cette femme qu'elle trouve trop snob à son goût. Peut-être a-t-elle raison ?

Justement, en ce qui concerne le maire, il n'affiche pas la bonne humeur que lui donne habituellement son cognac matinal. Rassurez-vous, sa femme n'est pas en cause. Non, c'est lui-même qui aimerait bien se donner une bonne série

---

* Au moment où ces événements se déroulent, Anne-Marie Galope est disparue de la circulation. L'auteur de ces lignes a la nette impression que la statisticienne n'avait pas besoin d'un sondage pour prévoir les malheurs qui approchaient.

de coups de pied dans le derrière. Il a l'impression de se parler à lui-même quand il engueule le chef de police en lui enjoignant de faire quelque chose.

Après s'être fait passer un aussi vigoureux savon, Henri Salade se rend immédiatement chez lui. Il ne veut pas aller brailler dans son oreiller. Il désire tout simplement enfiler sa tuque aux couleurs de son équipe de hockey préférée. Une idée intelligente lui a traversé le cerveau. Grâce à ce couvre-chef, le chef est certain d'être aisément reconnu dans la foule.

Les malheurs, vous le savez, appartiennent à la même famille que les taches d'encre. Ils se répandent avec facilité. Salade l'apprend à ses dépens.

Dans l'escalier de sa demeure, le policier croise la concierge. Bien entendu, la bonne femme ressemble maintenant comme deux gouttes d'eau à Gertrude, sa femme. Salade se permet alors de lui donner une petite tape sur une fesse en lui disant :

« Bonjour, chérie ! »

Malgré son joli minois, la concierge

est demeurée grincheuse. Elle a les mêmes principes qu'à l'époque où les seins lui tombaient presque aux genoux. Elle n'aime donc pas beaucoup recevoir des petites tapes sur les fesses. Que l'homme soit beau ou laid, elle trouve la chose vulgaire et déplacée. Elle n'hésite pas une seconde. Elle assène un sérieux coup de balai sur la tête du chef. Henri Salade tombe dans les pommes.

Solange Santé, la marchande de fruits et légumes, bondit sur la concierge. Elle a la certitude que la bonne femme vient d'assommer Oscar Nombril, son amoureux de toujours. Les deux femmes se crêpent le chignon avec ardeur.

Éveillée par le brouhaha et les cris aigus, Gertrude Salade entrouvre sa porte pour y glisser le nez. Son mari est toujours dans les pommes. Une prune commence à pousser au sommet de sa tête. Comme elle ne comprend pas que deux femmes qui lui ressemblent s'arrachent les cheveux, Mme Salade décide de ne pas se montrer la fraise. Elle croit rêver et retourne à ses draps chauds.

Voilà une des nombreuses mésaventures qui minent la ville d'Ici au lendemain de la mise en œuvre de la machine à beauté. D'autres situations aussi absurdes que celle-ci fleurissent un peu partout. Vous pouvez aisément les imaginer... ce qui est déjà bien assez terrible.

9

Tête à tête un peu bête

Tout le monde a tellement la même figure que personne ne sait où donner de la tête. Seul le chapelier ne se plaint pas. Pas fou, le bonhomme. Pour chaque modèle de chapeaux, il n'a plus besoin d'en fabriquer cinquante-six grandeurs. Une seule s'ajuste à toutes les têtes.

À l'exception de ce bienheureux, les hommes et les femmes de la ville d'Ici laissent bientôt pousser la même petite idée derrière leurs têtes identiques. Tous veulent retourner rue de la Trapéziste, convaincus que Catou Clin d'Œil et le professeur Clou leur doivent des explications.

La rue en question est rapidement envahie par une foule de sosies qui se demandent sérieusement s'ils ne vivent pas dans un monde de miroirs. Certains moments penchent dangereusement du côté de la tragédie. Ainsi l'atmosphère s'alourdit cruellement quand deux belles femmes se retrouvent face à face et constatent qu'elles portent des vêtements identiques...

Il est clair qu'aujourd'hui tout ce beau monde ne veut pas se faire marcher sur les pieds.

Martin Corbillard se réveille brusquement. Par la fenêtre de sa chambre, il voit la foule en délire. Il commence à avoir peur. Tous ces gens, que la colère rend beaucoup moins beaux, veulent peut-être démolir sa maison. Il descend l'escalier quatre par quatre et s'installe devant la porte du studio de Catou Clin d'Œil.

De sa voix fluette, il tente de raisonner la foule. Il crie. Il hurle. Mais il a l'impression d'avoir la voix du maringouin qui tourne autour de l'oreille de quelqu'un qui veut dormir. Alors ceux que cette petite voix fatigue ont tôt fait de se débarrasser du faible propriétaire. Ils suspendent Martin Corbillard à un lampadaire par le fond de sa culotte.

La foule, du moins une petite partie de la foule, pénètre ensuite chez Catou Clin d'Œil. Tout ce qu'elle y trouve, c'est un homme et une femme semblables à tous les hommes et à toutes les femmes de la ville.

Le professeur Clou a l'air de quelqu'un qui s'ennuie de sa mère.

En devenant belle, Catou Clin d'Œil a perdu son physique colossal. Elle n'a donc plus l'assurance qu'elle affichait naguère.

Elle dit tout d'abord que personne n'aura besoin de payer pour sa transformation. Comme les clients murmurent, elle ajoute que chacun recevra sa photo gratuitement. Ça ne convient pas mieux. Les gens grondent. Alors elle promet une affiche géante que chacun pourra épingler à la tête de son lit. Mais les gens s'entêtent. Catou commence à trouver qu'ils ont la tête vraiment dure.

Le professeur Clou se retient de traiter tout le monde d'imbéciles. Il contrôle son caractère. Il ne veut pas que sa tête soit mise à prix. Ou bien il ne tient pas à être défiguré. Devant lui, les gens n'entendent pas à rire. Surtout quand, pour dépanner Catou, il prend la parole. Il explique que l'ordinateur de sa machine a surchauffé hier. Il ne peut plus être programmé.

La rumeur monte. Le mécontentement s'enfle doucement. Une tempête se prépare.

Soudain, une espèce de bourdonnement se fait entendre. Les gens de la rue lèvent la tête. Pendant un petit moment, la foule s'inquiète un peu. Ils reconnaissent bien un hélicoptère. Mais chacun se demande si l'appareil n'est pas piloté par un citoyen ou une citoyenne plus mécontent que les autres. On ne sait jamais. Tout à coup un illuminé a décidé de lâcher une bombe sur le studio de Catou ? Et si une mystique avait décidé de détruire la machine à beauté à tout jamais ? À moins qu'un joyeux compère veuille semer une bonne couche d'insecticide sur tout ce beau monde ? Et si une drôlesse avait eu l'idée burlesque de lancer des tartes à la crème à la figure des contestataires ?

*   *   *

Tout le monde se trompe. Suspendu à ce moustique à moteur comme un yoyo au bout de sa corde, un individu se vante d'être le maire de la ville d'Ici. Les gens ne le croient pas tout de suite. À une telle distance, ils ne peuvent sentir l'haleine alcoolisée du bonhomme. Un porte-voix à la main, il jure qu'il a pris son rôle de maire au sérieux. En enfilant son huitième cognac du matin, il a trouvé une solution. Maintenant, tous le reconnaissent. Et il faut bien avouer que même les irréductibles qui ont l'habitude de contester les idées du maire reprennent espoir.

La bouche un peu molle, notre homme public énonce sa politique.

« Chers électeurs, électrices, concitoyens et néanmoins amis, déclare le maire de son ton le plus électoral, je pense qu'il est urgent et même capital que chacun d'entre nous retrouve la bonne tête qu'il avait pas plus tard qu'hier. »

Personne ne l'applaudit de peur qu'il perde le fil de son discours.

« Alors mon projet est le suivant, ajoute-t-il. Que le ou la brave d'entre nous se propose. Cette héroïne ou ce héros pénétrera dans la machine à beauté. Mais, cette fois-ci, il empruntera la porte arrière. Le professeur Clou remettra son invention aussi bête que stupide en marche. Et la brave personne ressortira par la porte d'entrée avec, j'en suis convaincu, la tête qu'il arborait depuis le merveilleux jour de sa naissance. »

Encore une fois, les applaudissements ne fusent pas. Quelques toux un peu embarrassées se font entendre. Les gens ont beau se bousculer sur le pavé, les volontaires ne courent pas les rues. Chat échaudé craint l'eau froide, alors vous comprendrez qu'aucun bénévole ne s'offre.

Arsène Clou, à qui ce silence redonne

du poil de la bête, déclare à qui veut l'entendre que l'idée du maire est la solution la plus idiote qu'il ait rencontrée de toute sa vie géniale.

Le savant perd alors une excellente occasion de se taire. Après s'être promenée de bouche à oreille, sa réponse finit par être scandée par la foule. Elle parvient ainsi aux oreilles du maire. Ce dernier, surmontant le vrombissement de l'hélicoptère, lui répond qu'en fait d'idiotie la machine à beauté pourrait difficilement céder sa place. Et, pour satisfaire tous les citadins, le magistrat décide de choisir lui-même le héros du jour.

Sans aucune hésitation, il désigne le professeur Arsène Clou, le savant, le génie, l'inventeur de la machine à beauté, l'officier de tous les malheurs qui frappent la ville.

* * *

Le célèbre professeur proteste énergiquement. Mais à quoi bon protester énergiquement devant des gens qui n'ont plus leur tête ? Ce qui doit arriver arrive alors.

Arsène Clou est promptement placé dans la machine à beauté. À peu près n'importe qui la met en marche.

Quelques instants plus tard, lorsqu'on ouvre la porte de la bruyante invention, un oiseau en sort. Il ne dit pas coucou. Il ne ressemble pas à cet oiseau non plus. Il semble plutôt le fruit d'un mélange inégal de perroquet, de corbeau et de renard... non, de fromage... en tout cas...

Cet oiseau déçoit tout le monde. Il commence par formuler une série d'invectives qui font dresser les cheveux sur la tête des belles personnes qui l'entourent. Ensuite, il se perche sur l'épaule de Catou Clin d'Œil. Pour bien souligner sa mauvaise humeur, il entreprend une bouderie dont il ne reviendra pas de sitôt.

De son côté, la foule dont les cheveux finissent par se replacer convenablement retourne chez elle.

Chacun reconnaît sa maison. Les maisons, elles, ne reconnaissent pas leurs propriétaires.

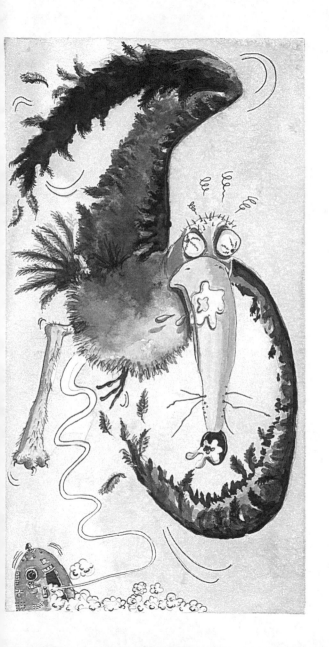

Épilogue
La ville sans queue ni tête

Cette histoire ne se termine pas sur une note aussi malheureuse. Non. Cette ville, peut-être la plus idiote de l'univers, a fini par en devenir la plus drôle.

Les touristes s'y rendent maintenant en grand nombre. Elle a la réputation de vivre un carnaval tous les jours de l'année.

Comment cela se fait-il ? Le tout a réellement commencé trois mois après les événements que vous connaissez.

Placide Vingtsous est assis sur un banc de parc. C'est un beau dimanche après-midi. Le policier de nuit aime beaucoup venir s'asseoir sur un banc comme ça. Certaines personnes pourraient dire qu'il s'installe là pour regarder passer les gens. Eh bien non ! Les gens d'Ici se ressemblent tellement que les regarder passer devient une activité très monotone.

Placide Vingtsous vient dans le parc pour regarder jouer les enfants. Il leur trouve des têtes sympathiques.

Certains ont les cheveux longs ; d'autres les cheveux courts. Les têtes frisées et les têtes en brosses à planchers se mêlent les unes aux autres. Une petite fille a des cheveux de corde. Un garçon porte fièrement des oreilles immenses et décollées. On peut voir la lumière du soleil à travers elles. Depuis l'accident qui lui a un peu raccourci une jambe, Sophie marche sur des échasses de longueurs différentes. Comme ça, elle ne boite jamais. Martine a perdu deux dents en plein centre de son sourire. Stéphane, lui, semble cultiver ses taches de rousseur.

En somme, Placide Vingtsous passe ainsi ses beaux dimanches de congé. Son magnétophone de poche diffuse ses menuets préférés tout autour de lui. Il poursuit bien tranquillement ses mots croisés.

Maintenant, tout le monde de la ville connaît Placide Vingtsous. C'est tout à fait normal. Il reste le grand original du lieu. Quand ils passent devant lui, les promeneurs lui disent :

« Bonjour, Placide. »

Et lui de répondre :

« Bonjour... euh... »

Euh... parce qu'il ne reconnaît pas toujours les gens. Bien sûr, à la pharmacie, il reconnaît bien Adèle Pilule derrière son comptoir. Si elle a la même tête que toutes les autres femmes, elle se distingue par son costume de pharmacienne.

Mais, le dimanche, quand la même Adèle Pilule se promène dans le parc, Placide Vingtsous ne la reconnaît pas toujours.

La même anecdote pourrait s'appliquer à tous les gens de la ville. Seuls leurs habits de travail permettent de les différencier. Les jours de congé, ils sont tous anonymes. Et cela les rend tristes. C'est pourquoi les dimanches sont loin d'être gais. Placide préfère alors regarder les enfants jouer.

La seule personne qu'il reconnaît du premier coup d'œil, c'est Catou Clin d'Œil. Ses énormes lunettes sont un peu responsables de la chose. Son appareil photo aussi.

Tous les dimanches, Catou vient photographier les enfants. Elle dit elle-même, avec un certain sourire, qu'elle est fatiguée de photographier les mêmes têtes.

Placide reconnaît aussi Catou par son oiseau. Le célèbre Arsène, posé sur l'épaule de la fille, n'arrête jamais de dire un tas de bêtises à tout le monde. Bien des gens rêvent de le faire rôtir à la broche. Mais ils craignent l'indigestion autant que les mauvais sorts. Personne ne veut perdre la face en déplumant cet oiseau de malheur. Il reste, malgré tout, un ancien génie.

Ce dimanche-là, au moment même

où Catou s'amène avec son appareil photo et son Arsène furieux, les enfants distribuent des feuilles multicolores. Placide Vingtsous peut y lire :

« VOUS ÊTES TOUS INVITÉS
À NOTRE GRAND SPECTACLE
ANNUEL. PRIX D'ENTRÉE :
DEUX PINCES À LINGE »

« Mademoiselle Clin d'Œil, laissez-moi vous inviter à ce spectacle.

— Avec plaisir, répond Catou malgré les protestations de son oiseau. »

Quelques minutes plus tard, Placide et Catou, entourés d'un bon nombre de sosies, peuvent applaudir un spectacle très drôle. Arborant d'énormes faux nez, des verrues de plastique, de grosses moustaches folles, des barbes mitées, les enfants font rire leur public.

Ils culbutent comme les plus grands bouffons. Ils se mettent les pieds dans les plats, les plats sur la tête et la tête à l'envers. Ils font aussi les plus abominables grimaces de leur répertoire et articulent les mots les plus longs et les plus bizarres de leur vocabulaire.

Après les salutations des jeunes acteurs, Catou Clin d'Œil a une idée géniale. Elle entraîne Placide à son studio. L'oiseau braillard n'est pas très content d'avoir le vent dans les yeux. Il en perd quelques plumes.

Le brave policier se méfie un peu des idées de Catou. Vous devez comprendre pourquoi.

Une fois chez elle, ils contournent la machine à beauté où les araignées ont établi leur quartier général. D'un tiroir, la photographe sort tous les clichés qu'elle a pris au cours des trois derniers mois. Des têtes absolument identiques se suivent à la queue leu leu. Toujours le même homme et toujours la même femme.

Prenant un crayon gras, Catou montre à Placide que son idée est pleine de bon sens.

« Regardez. Voici Béatrice Cheminée.

— Ah ! Je ne la reconnaissais pas !

— Moi, si. Elle est ma cliente numéro seize. Je les numérote. C'est le seul moyen pour reconnaître mon monde. Mais ce n'est pas ça qui est important. C'est le petit dessin que je vais faire. Vous voyez, si je lui ajoute un faux nez comme ceci, tout le monde pourra la reconnaître.

— Et je suppose que vous voulez doter Josaphat Pavillon d'une bonne paire d'oreilles ?

— Pourquoi pas ? »

La nouvelle idée de Catou fait son petit bonhomme de chemin. Placide Vingtsous l'approuve. Les enfants de la ville viennent l'aider. Seul l'oiseau Arsène préfère placer sa tête sous son aile pour ruminer sa plus mauvaise humeur.

Catou sonne aux portes, prend des photos qui se développent instantanément. Ensuite, elle démontre aux occupants comment un bon gros nez croche, des oreilles un peu difformes, un menton légèrement fourchu ou des dents joyeusement écartées peuvent donner à chacun une apparence différente, personnelle, tout à fait nouvelle.

En quelques jours, la ville d'Ici se transforme en un véritable cirque sans queue ni tête.

Adèle Pilule, la pharmacienne, est toute rousselée ; Jean Betterave marche sur des échasses ; Josaphat Pavillon a des oreilles d'éléphant.

Les touristes croient donc que la ville d'Ici est en carnaval perpétuel. Ils ont raison. Quand quelqu'un ajoute une nouvelle plume à son chapeau, tous ses voisins rient de lui. Et cela lui fait plaisir !

Mais ne dites jamais aux gens d'Ici qu'ils sont beaux. Vous leur feriez de la peine.

De même, quand il prononce ses longs et ennuyeux discours, ne demandez pas au maire d'enlever son nez de clown. Vous le feriez pleurer.

FIN

Table

Du même auteur

Albums pour les jeunes

Une fenêtre dans ma tête, première partie, illustrations de
Roger Paré, Montréal, La courte échelle, 1979. (épuisé)

Une fenêtre dans ma tête, deuxième partie, illustrations de
Roger Paré, Montréal, La courte échelle, 1979. (épuisé)

Clins d'œil et pieds de nez, illustrations de
Johanne Pépin, Montréal, La courte échelle, 1982. (épuisé)

Romans pour les jeunes

Monsieur Genou, Montréal, Leméac, 1981.
(Prix belgo-québécois 1982.)

Minibus, Montréal, Québec/Amérique, 1985.

Des hot-dogs sous le soleil, Montréal, Québec/Amérique, 1987.

Le Roi de rien, Montréal, La courte échelle, 1988.

Le raisin devient banane, Montréal, Boréal, 1989.

Caméra, cinéma, tralala, Montréal, La courte échelle, 1989.

Véloville, Montréal, La courte échelle, 1989.

La Machine à beauté, Montréal, Boréal, 1991. Traduit en
espagnol et catalan. (Prix de l'ACELF 1982.)

Le Record de Philibert Dupont, Montréal, Boréal, 1991.

Le Dernier des raisins, Montréal, Boréal, 1991. (Prix de littérature
jeunesse du Conseil des Arts du Canada – texte – 1986.)

Y a-t-il un raisin dans cet avion ?, Montréal, Boréal, 1991.

Le Chien saucisse et les Voleurs de diamants, Montréal, Boréal, 199?

Romans pour adultes

La Débarque, Montréal, l'Actuelle, 1974. (Prix de l'Actuelle 1974.) (épuisé)

Le Train sauvage, Montréal, Québec/Amérique, 1984.

La Route de la soif, Montréal, Boréal. (À paraître en mai 1991.)

Théâtre

La Couleur chante un pays, pièce écrite en collaboration avec
Diane Bouchard, Suzanne Lebeau et Michèle Poirier,
Montréal, Québec/Amérique, 1981.

DANS LA COLLECTION BORÉAL JUNIOR

1. *Corneilles* de François Gravel
2. *Robots et Robots inc.* de Philippe Chauveau
3. *La Dompteuse de perruche* de Lucie Papineau
4. *Simon-les-nuages* de Roger Cantin
5. *Zamboni* de François Gravel
6. *Le Mystère des Borgs aux oreilles vertes*
   de Marc-André Paré
7. *Une araignée sur le nez* de Philippe Chauveau
8. *La Dompteuse de rêves* de Lucie Papineau
9. *Le Chien saucisse et les Voleurs de diamants*
   de Raymond Plante et André Melançon
10. *Tante-Lo est partie* de Francine Girard
11. *La Machine à beauté* de Raymond Plante
12. *Le Record de Philibert Dupont* de Raymond Plante

DANS LA COLLECTION BORÉAL INTER

1. *Le raisin devient banane* de Raymond Plante
2. *La Chimie entre nous* de Roger Poupart
3. *Viens-t'en Jeff* de Jacques Greene
4. *Trafic* de Gérald Gagnon
5. *Premier But* de Roger Poupart
6. *L'Ours de Val-David* de Gérald Gagnon
7. *Le Pégase de cristal* de Gilberto Flores Patiño
8. *Deux heures et demie avant Jasmine*
   de François Gravel
9. *L'Été des autres* de Johanne Mercier
10. *Opération Pyro* de Saint-Ours
11. *Le Dernier des raisins* de Raymond Plante
12. *Des hot-dogs sous le soleil* de Raymond Plante (à paraître)
13. *Y a-t-il un raisin dans cet avion ?* de Raymond Plante

Infographie : Édition•Typographie•Conseils (ETC)
Montréal, Québec

Achevé   Imprimerie
d'imprimer Gagné Ltée
au Canada Louiseville

Mars 1993